KB120801

낮달이 허락도 없이

시작시인선 0317 낮달이 허락도 없이

1판 1쇄 펴낸날 2019년 12월 24일
지은이 이서화
펴낸이 이재무
책임편집 박은정
편집디자인 민성돈, 장덕진
펴낸곳 (주)천년의시작
등록번호 제301-2012-033호
등록일자 2006년 1월 10일
주소 (03132) 서울시 종로구 삼일대로32길 36 운현신화타워 502호
전화 02-723-8668
팩스 02-723-8630
홈페이지 www.poempoem.com
이메일 poemsijak@hanmail.net

ⓒ이서화, 2019, printed in Seoul, Korea

ISBN 978-89-6021-468-2 04810
      978-89-6021-069-1 04810(세트)

값 10,000원

＊이 시집은 강원도, 강원문화재단 후원으로 발간되었습니다.

낮달이 허락도 없이

이서화

천년의 시작

한동안 강원도 이곳저곳을 돌아다녔다
그렇게 돌아다닌 곳을 찬찬히 들여다보니
지명들이 아니라 시詩의 행간들이었다
삼거리쯤에서 고민하며
구불구불한 물길을 따라 달렸던 쇠락한 탄광촌
창문이 깨지고 간판이 낡은
폐업한 다방
모두 한때 흥청거렸던 곳들이었지만
지금은 제 거칠었던 호흡을 되삼키며
산비탈, 허물어지는 사택들처럼 적요해지고 있었다
그런 하루하루에 제목을 붙였다
그 편 편들이 시가 될지 안 될지는
독자들께 맡긴다

2019. 겨울
이서화

차 례

시인의 말

제1부

국숫집

들판을 지나는 길가에 널어놓은 국수를 바람이 끓이고 있다

가지런하고 빳빳하게 굳은 국수 저곳에서는 바람도 햇살도 모두 굳어버린다 한 묶음 햇살 줄기도 가지런하고 더없이 연약한 국숫발 사이로 바람이 지나간다

곰표 밀가루가 쌓여 있는 가내 국수 공장 그 사이를 말없이 빳빳하게 움직이는 두 남자 뚝뚝 마른국수를 분지르는 손길이 분주할 때마다 국수 묶음이 쌓여 가고 가끔 새참 같은 눈빛들 마주친다 어둑한 저녁 무렵 국수 심부름 다녀올 때면 온몸에 힘이 들어간 채 국수 한 가닥씩을 까만 눈동자처럼 뽑아 먹었다 단단했던 묶음이 조금 헐렁해질 즈음 집엔 물이 팔팔 끓고 있었던가 삶으면 서로 엉키는 국수는 든든한 식구가 되었다

저 연약한 줄기가 배 속에 들어가면 한 끼가 되고 허기진 몸을 굳건하게 일으켜 세우던, 무엇이든 불어 터지는 힘으로 늘 비탈밭을 닫고 나오던 또 아버지

부론

느릿한 길이 지나가던
부론, 이젠 예전이 되었지만
뒤늦게 나타난 외곽 길을 택하지 않는다면
부론을 만날 수 있다
부론은 내외곽을 가리지 않지만
아직 외곽은 강물 소리와
오르막으로 헉헉대는 산의 소속이다
오래전에 번잡을 경험한 부론 시내는
지금은 단출한 시기다
무엇이든지 두 개 이상은 없는 곳
벚나무 사이로 보이는 다방도 철물점도
보건소도 딱 하나씩 있다
깊숙한 내륙까지 흘러온
물소리를 헹구다 보면
누구든 한철을 견디지 못하고
철물점으로 달려가 자물통을 사고
열쇠 따윈 강물에 던지는 곳이다
강물 위를 맴돌던 새 떼들은
강 건너편 메아리 틈으로 숨고
저녁노을이 단풍과 섞이는 절벽을 본다면

저곳에서는 자칫, 짧은 적요에도 발목을 다칠 수 있다
웅크리듯 말을 집어넣는 곳
매운탕집들이 연기처럼 숨어있고
한 번쯤 바짓단을 접고
첨벙거리는 천렵의 기억이 떠오른다면
부론엔 양은 솥뚜껑을 들썩거리던 시절이
여전히 들끓고 있을 것이다

흔들리는 균형

물지게를 기억하시는지
아무리 가득 담아도 출렁출렁 흘리던 걸음
균형 하나가 제대로 잡히기까지
온전한 물통 속의 물은 손실이 크다
그래서 더욱 가득 담아졌던 물
미리 흘릴 균형까지 고려하고 담았었다
담긴 양이 제각각 달라도
물통에 남아있던 물은 늘 같은 양이었던가
균형은 어깨와 발걸음의
출렁거림이 아니라
물통의 그 수위에 있었다는 것

그러니까, 그때
나의 균형은 다 흘러넘쳤다
빈 것들의 속내일수록 휘청거리기 쉽다
더 이상 흘러버릴 균형추가 없는
나이가 될수록 균형을 지키는 것이 어렵다
가령, 팔이 자꾸 안으로 굽는 일
아는 사람과 모르는 사람의 다툼 사이에서
균형은 또 그때처럼 흘러넘친다

봄, 바람이 출렁거리며 넘친 벚나무는 이미 바닥이 났고
평행을 유지하던 몸,
출렁거리던 옛 기억들도 감흥이 없다
그때, 오래도록 물이 다 새어나간
어깨가 살처럼 아프다

동인지

토끼풀이 자라는 곳은 푸르고 평평하다

하얀 꽃 군락지는 가운데가 가장 키가 커 언뜻 보면 지붕
이 낮은 천막 같지만 한참 바라보고 있으면 파란 하늘 아래
파란 종이 하나 펼쳐져 있다는 걸 알 수 있다

저곳은 키 큰 것들의 우열이 아니라 동그란 것을 만들기
위해 모여있는 것이다 원만하게 가장자리를 향해 점차 작
아진다

시인들은 저런 파란 종이 한 장을 갖고 싶은 것이다

파란 것 중엔, 행운이 섞여 있다고 믿는다 저들은 지금
모임 중이거나 헤어지기 위해 맥주를 마시고 있는 것일지
도 모른다

군데군데 종이들이 구겨져 있고 무언가 열심히 찾은 흔
적이 있지만 무얼 찾는지도 모르는 파란 페이지마다 보이지
않는 네잎클로버들이 가득하다

종이를 밟고 지나온 길, 발로 헝클어놓은 내 종이만 더
뚜렷하다

토끼처럼 대지를 뛰어다니는 언어들

가을이 되면 토끼풀이 또 무성하게 자랄 것이다

여행을 밀어 넣다

짧은 여행은 자칫 신발을 놓치기 쉽지
긴 여행은 꾹꾹 눌러 신고 빈 배낭의 설렘은
짐을 넣은 만큼 빠지는 것
이것 봐, 일정들의 빼곡한 양보를
때론 자리를 바꾸어가면서 차곡차곡 서로 감싸는 것을
옷과 세면도구가 아닌 기후와 습도, 더위를 챙기고
미끄러운 날씨와 발등에 달라붙는
슬리퍼 자국 같은 독충들도 챙겨야 하지

문득 가방은 철없는 동지 같지
적정량의 무게를 웃도는 저 들뜨는 가방
일상의 그 뻔뻔했던 손잡이들과는 달리
날아갈 듯 날아가는 가방들

남는 주머니 하나쯤은 유사시 대처 목록이지
물에 빠진 신발, 굽이 불안한 신발
두고 온 걱정거리로 너덜거린다는 것,
몇 켤레의 일정이 다 닳거나 찢어지고 나면

그때부터 오르막으로의 여행이라는 것

헉헉거리는 숨소리와
기슭으로는 밀려오는 것들을 마주한다는 것

체류는 너무 가벼워져 다 동나고
시간은 어느새 기호들로 변하지
모자라던 주머니들 텅텅 비워지면
돌아가 풀어보는 배낭 안에는 작게 말아둔 냄새들만 있지
비닐봉지 안의 것들은 뜯어야 풀 수 있는 것들이어서
갈아입은 여행의 허물들이
기어이 쏟아지고 만다는 것

그래서 텅 빈다는 것

실금

오전부터 하늘에 실금이 지고
주룩주룩 빗금 지는 산사에서
차 한 잔을 얻어 마셨다
무수한 실금이 반쯤 마신 찻잔에 몰려들어 있다
제 몸의 실금을 셀 수 있는 사람 누가 있을까
금이 간다는 것은 가장 약한 부분이고
한순간 허물어지는 흐린 하늘이다

실금은 무수한 선이다
부딪혀서 생긴 게 아닐 것이고
움찔하는 사이에 생긴 실금들
언젠가 본 번개가 스며들었을 수도 있고
된서리 내린 처마 밑 풍경 소리
달밤에 보았던 희미한 나뭇가지일 수도 있다
가지 말아야 할 어느 길 앞에서
머뭇거렸던 정황 같기도 한 실금들

어머니가 나를 낳았을 때
그때부터 이미 무수한 실금이 가있었다
누군가 유리를 주먹으로 치듯

나도 모르게
무형의 주먹을 수도 없이 맞았을 것이다

차를 우리는 노승의 손등으로
속세의 실금은 다 스며들어 갔을 것인데
오늘은
잦아드는 빗금들 사이로 속세의 무수한
실금들이 보이기 시작한다

우설牛舌

몇몇이 둘러앉아 소의 혀 요리를 먹는다
줄에 묶여 있는 듯한 맛과
사각거리는 풀의 맛이 입안에서 잡초처럼 자란다
소의 배 속에서 꾸르륵거리던 풀씨들과
나무에 묶여 오래 질겅거리던 그늘
나뭇잎들은 혀의 허기처럼 날름거리고
소가 묶여 있는 나무 한 그루를
비빔밥이라 칭해도 무방하겠다

멀리까지 갔다 오는 메아리가 있었다
　제 몸을 묶은 줄을 혹은 나무를 집으로 정해 놓고 고개를
숙여 제 앞의 여물을 먹는 경건한 식사
　소가 여름내 먹은 것은 풀과 꽃들이다
　그 꽃들이 몰려가 꽃등심이 되고
　느리고 질긴 시간이 밭을 열던 봄날이 있었다

　늘 배고픈 혀
　한 번도 배부르지 않던 혀의 날들
　맛이 가득 들어있던 부위는 질긴 울음의 맛이 난다
　서로 혀끼리 만나는 질긴 시간

소가 묶여 있던 한 그루 외양간과
금식에 들어있는 나무가 생각난다

소의 혀를 씹고 있는 사람들의 목소리에서
푸르고 무성한 들판 하나 쏟아져 나온다

집밥,

둥그런 양은 밥상에서 후일을 도모하던
칠 벗겨진 봉황이 생각난다
봉황은 가끔 그 집 사내의 손에서
와장창 날기도 했지만
기껏 문지방을 넘어
마루를 채 벗어나지 못하는 짧은 비행이었다
아내는 널브러진 봉황의
그 가늘고 찌그러진 네 개의 다리를 접어
다시 부엌으로 들어가곤 했다
도모하던 것들, 칠 벗겨진 것들이
유일한 재물이기도 했던 그 집
집밥은 불안한 맛이다
네 개의 다리가 흔들거리며 받치고 있던
식사를 위한 불안한 반찬들
봉황은 기어이 다리가 빠지고
부엌과 안방을 벗어나
지금은 장독 위에서
장독 뚜껑을 대신하고 있다
더는 날지 못하는 봉황
어쩌면 날고 싶은 마음만 분분했을 것이다

겨우 한 집안의 식솔들 배도 양껏 채우지 못한

봉황의 꿈이란

허황된 전설 같은 것이었으니

세상엔 지긋지긋한 전설도 있기 마련이다

집밥, 허기가 또 가까이 온다

그도 저녁이면*

밭에서 걸어 나와 쭈그려 앉은
아버지의 품 안에 그늘이 진다

서쪽 그늘을 접으며
점점 굽어지는 저녁같이
이젠 궁리마저 늙어 지루한 아버지
싸구려 담배 연기의 방향같이
내 한입 끼니도 귀찮은 시장기같이

어두워지는 곳은
모두 저녁 무렵이다

흩어진 꽃잎을
목련의 저녁으로 고스란히 받듯이
식구들이란 한번 흩어지면
모두 한 저녁에 모이는 일 어렵다

잔기침에 잦아 들썩이는
저녁이면
그늘의 온기 모여들어 왁자한 그곳이

양지바른 밭둑 어디

눈여겨본 그곳이 생겼을까

등 저쪽의 일들은 버린 지 오래인 아버지

저녁 쪽으로 마음 준 지도 오래다

* 「그도 저녁이면」: 이상국 시인의 시집 『뿔을 적시며』의 시 제목에서.

도돌이표

메아리가 돌아오는 건
산의 울림 덕이 아니다
산의 곳곳에 숨어있는
음표를 닮은 열매들 때문이다
돌 틈을 흘러나온 물줄기는
계절마다 변주곡이다

오리나무, 도토리, 으름, 허밍처럼 날아가는 박주가리
씨앗, 머루 덩굴 아래 날벌레들, 자작나무 수액도 높낮이
를 옮긴다

산벚꽃이 피면 조심해야 할 것
작은 메아리에도 꽃잎들이 하르르 놀랄 것

새들이 급수직 강하를 하는 것도 음표들을 피해서 날아가
기 때문이다 날려 보낸 소리 중 대부분이 조금씩 헐어있는
이유도 중간에서 새들이 골라 먹기 때문이다

음표는 또 돌아간다
노래가 되지 못한 주목 씨앗

닫고 있는 입술이 더 붉지만
어느 정상에서 날아올
메아리 하나 기다리고 있다

고목 부처

거돈사지* 느티나무에
단풍 공양이 절정이다
봐라, 매년 단식으로 앙상한 뼈로
길고 긴 불기佛紀를 견디며 왔다

입멸한 자는 누구든 부처가 될 수 있고
폐사지에서는 누구도 부처가 된다지만
천 년 넘은 느티나무 눈치를
헤아리지 않고는 사미승도 못 된다

부처도 지붕도 없는 폐사지
느티나무는 사찰 건축양식을 닮았을 것이다
맞배지붕으로 뻗어나간 가지는
몰락한 팔각지붕을 눈여겨본 행실이어서
그늘은 수십 개의 방이 있을 것이다

석축 사이를 파고든 뿌리로
돌을 먹고 자란 나무라 불린다지만
이렇게 늙다 보면
조석朝夕을 가리지 않고

잡식雜食을 할 수 있다

나무도 오래되면 절이 되는지
폐사지 입구에 천 년 고찰古刹
벙어리 법당처럼 느티나무 서있다

* 거돈사지: 원주시 부론면 정산리에 있는 폐사지.

황태 날다

아가미를 벌리고 큰 추위들이
황태 덕장으로 실려 와
겨울이 지날 때까지 온몸이 노릇하게 말라간다
내장을 비운 배 속엔 한파 특보가 가득 들어있다
추위를 먹고도 한 철을 날 수 있다는 경지
틈만 나면 뜨끈한 국물을 속에 넣기 바쁘고
그것도 모자라 한증막 열기로 몸 바깥을 데우는 사람들
크게 입 벌리고 이 겨울,
추위란 추위 모두 먹어버리겠다는
어느 지경에 이르러서 온몸 비린내 다 버리고
옅은 금빛 황태가 되겠다는 작심이 꾸덕꾸덕하다

깊은 산속을 찾아가던 바람과
준령을 넘어온 푸른 파도 소리가 맛으로 드는 황태
일렬종대의 덕장 사이로 지나가는 골바람, 차가운 햇빛
어느 투박한 뚝배기 만나
쓰린 속 풀어줄 한 그릇 맛 보시報施가 녹았다 얼었다 한다

밤사이 또 눈이 내리고
아가미 가득 푸른 허공을 물고 눈을 부릅뜨고 있다

누군들 저 푸른 허공 한 그릇 배 속에 넣고
시원하게 속 풀어지지 않겠는가

겨울 내내 눈 한번 감지 않는 황태
더 이상 꼬리로는 살지 않겠다는 듯
말라비틀어진 후미 쪽으로 똑똑 물방울들이 떨어지고 있다
하늘을 향해 입 벌리고
겨울 햇살 쪽으로 온몸 뒤틀며 날아오르고 있다

물의 상처

물이 상처를 낸다
붉은 녹물 쏟아내는 수도꼭지는
임박해 있던 어느 목전을 쏟아놓는다
분명 녹슨 부근을 지나온,
상처 근처에서 하루쯤 머물렀던 물이다
건더기 하나 없는 물
그 부드러운 물이 강철의 파이프를 상처 냈다면
그건 분명 일방으로 흘려보낸
방향의 상처일 것이다

물은 가두면 제 방향을 잃지만
풀어놓으면 온갖 방향이 터져 나온다
가두어둔 곳에는 반드시
붉게 상처들이 일어나는 이유

수도꼭지는 붉은 녹물을 쏟아낸 뒤
언제 그랬냐는 듯 맑은 물이 뒤따르지만
다음 날이면 어김없이 또 녹물이 쏟아진다
사람이 달려와 어느 순간 끊기는 그곳
멈추는 순간이 가장 연약한 곳이라고

가을의 말미가 뚝 끊어진 곳마다
녹물 색 가득한 이파리들 쏟아낸다

하루 만에 또 도지는,
매일매일의 목전은 상처들이 물을 이룬다

부론강

올여름 돌들이 굴러왔고
지난여름의 돌들은 다시 굴러갔다
지구의 돌들을 옮기는 강
돌은 크거나 작거나 자신의 무게가 있고
물은 원래의 수위로
넘쳤던 물을 또 불러들인다
한껏 줄어든 물로
물줄기만 이으려 한다

세상에서 가장 높은 것이 있다면
그건 물일 것이다
합수머리, 수목한계선까지 밀고 올라가는
침엽수들이 호수같이 푸르다
강 옆에 사는 사람들의 말에는
모르는 라디오 주파수처럼 가을에는 지지직거리다
강은 난청을 이으며
돌 밑으로 숨는다고 한다
숨어서 지느러미 흉내를 낸다고 한다
덩달아 물고기의 지느러미들이 부풀고
눈꺼풀은 두꺼워진다

여름이 필요한 사람들은
무심한 듯
강의 여울목으로 나가
한껏 가늘어진 물소리를
수제비처럼 뚝뚝 끊어서 끓이고 있다

제2부

꽃 떨어진다

4월,

나무 밑에 떨어진 꽃 세는 버릇이 생겼다 급변침하는 그늘을 걱정하는 버릇이 생겼다 밟지 못하고 돌아가는 버릇도 생겼다

어지러운 낙백落魄을 천천히 세다 보면 사무치는 숫자가 있다 두 손으로 꼭 잡고 싶은 숫자들이 있다

바람은 물결 같아서 오래 숨 참고 있는 목련 나무 밑, 그늘 밖으로 뚝뚝 떨어진 꽃을 옮겨 주는데 내 손을 쓱 잡아끄는 이 수심은 여전히 깊다

집에 가자, 집에 가자

꽉 쥐었던 손을 풀어주듯 4월 밖으로 어지러운 꽃송이를 옮긴다

배추밭

배추밭을 지나면 곤충 사육장이 있다
예전엔 동네에서 가장 낡은 집이었다

봄에서 가을까지는 세상의 설명이
붙지 않아도 알 수 있는 계절이 있다
배추밭 위를 날아다니는 곤충
원을 그리듯 날다
낡은 집 쪽으로 사라졌었다

집 없는 존재들은 모두 객사하는 것일까
혼자 사는 노인이 죽은 지난봄은
딱히 마음에서도 별일이 없었다
별일을 숨기는 봄이 지나갔었다
그 후 마을엔 곤충들이 부쩍 늘어났다
생전 처음 보는
모두 조용한 곤충이었다

죽음을 가만 놔두면 다 날아간다
죽은 사람은 날아가고
무거웠던 것들만 남는다

죽음은 꿈이 많다

봄에 죽어 여름에 노인을 묻었다
배추밭 근처였고 배추밭은
마을에서 가장 추운 밭이다
어느 계절은 설명할 수가 없다

봄을 전지하다

몇백 평의 봄을 빌려 복숭아를 따려 했던 아버지
햇살 묻은 손으로 더듬고 꽃을 따고 봉지를 씌웠으나
연이어 이 년 동안 봄꽃만 보았을 뿐
열매는 설익어 떨어지고 말았다
올해도 전지를 하신다
가지들, 순록의 뿔처럼 밭가에 쌓여 있다
까끌까끌한 아버지의 심사는 그것들을 잘 묶지 못했다
쌓아놓은 저 뿔 같은 나뭇단은 보약처럼
하루 저녁 곤한 등을 지지기에 알맞을 것이다

목질 된 봄날이 꽃 피었던 가지를 잘라
아버지의 눅눅한 방을 덥힌다
봄꽃 같은 불, 때로는 꽃눈 터지는 소리가
천둥의 울림으로 아궁이를 빠져나온다
불꽃 춤사위 출렁거리는 봄날 매운 연기
그 힘으로 끌어올리는 재의 온도가 끈질기다

꽃의 기운으로 하룻밤 잔 것이 웬 호사냐고 아버지 온몸
에 물이 오른다

가지가 잘려도 봄은 다 이해를 하는구나
엊그제 세상을 떠난 동네 어르신
울고불고하던 자식들도 한결 평온해진 봄
전지한 가지마다 쓰린 꽃이 필 것이다

올해는 꽃이 아닌
수밀도가 그날의 환청처럼 자랄 것이다

논둑의 지형도

흰 연기는 공중의 뒤늦은 촉수다
늦가을 하늘 밑이란
고요하게, 그러나 난폭하다
아버지 논둑에 불 놓는다
불은 두 가지의 흔적을 남긴다
작은 불꽃이 뛰면 큰 불길도 같이 뛰고
득달같이 몰려드는 바람으로
큰불은 순식간에 찢어져 번진다
불길도 경계가 있어 들불은 들에서 꺼지고
산불은 또 산에서 꺼져야 한다
날아올랐던 연기 뭉치들
논둑에는 방향을 잃은
연기를 따라잡지 못한 시커먼 불의 지문이
저 논둑 끝까지 이어져 있다
시커먼 지형도와 흩어지는 지형도는
알고 보면 다 폐허다
담배 한 개비를 피우며
잔불까지 사그라지길 기다리던
아버지가 일어서고
귀밑에 숨겨 둔 흰 연기 몇 올 보였다

삼십 년도 훨씬 전 어느 가을이었고
여우가 언덕을 넘는 저녁이었다

탈수

떨어지는 열매들은 모두
흘러내리는 모양으로 자란다
밭고랑을 헤집고 들어오는 손은 붉은 계절일까
역행의 계절을 앞에 두고 저절로 떨어지는 것
태풍이 지나고 밭고랑에 가득한 풋고추들
때 이른 바닥의 수확이 밍밍하다
매운맛으로 가는 중이었다고
더 매워지기 싫었다고
한입 베어 물면 그래도 얼얼한 맛이 난다

씨앗보다 더 매운 태풍이 가득 들어있고
꼭지 없는 맛이 난다

열매들, 나무가 지탱할 만큼 남고 떨어지라고
빠져나가는 길을 고랑으로 두는 것이다
고추도 뙤약볕들도 무거웠을 것이지만
밭에는 농작물은 없고 온갖 설치뿐이다
뼈대 같은 지지대가 있고 줄이 띄워져 있지만
그 어떤 설치도 후두두 떨어지는 자동식 탈수는 막지 못했다
밭고랑 앞에 쭈그리고 앉은 한숨에도

매운맛은 없고 흰 연기만 흩어진다

매워지는 고추보다 더 약이 오른 아버지
등은 더 굽어지고 몸은 점점 탈수되고 있다
모처럼 해가 반짝하다
이불 빨래처럼 아버지 한숨 탁탁 털어드리고 싶은 날
밭들이 꾸덕꾸덕 마르고 있다

늦가을 답변서

살다 보면 참 답答은 모르겠고
변辯을 해야 할 때가 있다
대답은 이미 정해져 있는 말들로 가능한 것들이지만
답변은 어디선가 데려와야 하는 것들이다
늦가을 붉은 단풍나무 가지 뚝 분질러서
쓱쓱 쓰고 싶은 뜬금없는 답변서 작성
막막한 답변 한 장 쓰면서
가을비가 말아 올린 하늘을 보면
산 능선 위로 분리수거한 듯 떠있는 구름
빌딩 위에 떠있는 광고풍선은 뚱뚱한 바람을 넣고도 잘
도 떠있다
사실인 것들의 대답은 늘 빠르고
어느 귀퉁이에서는 부정의 대답으로 들려오고
답변을 하기 위해
마른 혀끝을 궁리로 적시는 시간
질문은 안 보이고
답변의 말투는 중고딕 말투이다

쌀쌀해지는 날씨의 답변은 화려하게 피는 꽃이다
그의 생각은 쉼표가 없고

또 다른 답을 기다리는 사이
구름도 어느새 고딕체로 산등성이 넘어간다
답변을 뽑아낸 자리마다 잡풀들이 웃자라 있다
작은 풀 공을 만들어 멀리 차듯
답변서의 마침표들 공중을 가로질러 풀숲으로 든다

문

옛집을 가면 한때 가장 가지런한 뼈대를 가졌던 문이 있다

이 집에 살던 절반이 뼈가 휘어 나갔다

칸칸의 네모가 있는 국어 공책 같던 문
격자의 뼈 사이에 침 묻은 가난과 접두사를 배우고 썼다
네모 칸으로 들어오던 햇살을 알약처럼 먹고 자랐다
자주 벌컥벌컥 열리고 닫히던 문이었지만
아직도 남아있는 뼈는 딱딱하다

문 있는 집은 서있어도 문 없는 집은 혼자 허물어진다는
옛말을 아직은 열고 닫을 수 있을 것 같다

멈춘 시계를 지탱하고 있는 벽
경첩을 나누어 갖지 못한 관계들은 여전히 삐걱거리지만
가지런한 뼈들이 옛집을 세우고 있는 것을 보면
그래도 한 번쯤 서로 드나들 수 있는
반듯한 모양을 가진 문은 튼튼하다는 것

뜨거운 뼈가 지나가던 방바닥, 그곳에 누웠던 사람들 하

나둘 뼈를 휘고 있지만 그래도 아직은 쇠락한 뼈의 모양으
로 서있다

　세상에 열고 닫히는 뼈가 어디에 있겠나 싶지만
　판운리 옛집, 그 집에 살던 뼈들이 예고 없이 기울어 뼈
의 부고를 받는 날이 있다
　군데군데 부러진 문살은 날카롭지만
　누군가 칸칸을 지나가거나 채우고 있다

잠의 맛

봄날, 양지쪽에 앉은 노인이 햇살을 주무르고 있다

늙은 개도 어린 개도 천방지축이고 뾰족뾰족 울음에 가시가 돋는 고양이도 입맛 다시는 하품 끝, 한껏 입 벌리고 잠의 맛을 보는 중, 저의 목 떨어지는 줄 모르는 선운사 동백도 짠물 민물 넘나드는 물 닮은 미끄러운 풍천장어도 봄 한철을 북적거리는데

하품 한 번 하는 사이 화르르 쏟아지거나
눈물 찔끔 눈가에 묻히는 그사이

이 무료하고 밍밍한 잠의 맛으로 가장 다디단 그 맛으로 잠은 따뜻한 허방처럼 활짝 열려 있다 그러니 아무리 손으로 주물러 확인해도 그 잠 떨치기 힘든 일이니 죽고 사는 일들의 딱 중간에 방심이 있으니 봄은 뭉쳐지는 것을 용납하지 않는다

뭉쳐진 몽우리들이 서둘러 피고
하품 한 번 하고 툭 떨어진다
그사이 뾰족한 계절이 지나고
남아있는 잠들이 입을 한껏 벌리고 봄을 빠져나간다

흑백

　모든 색깔들이 모여들다 흩어진 배경에는 듬성듬성 머리카락 빠진 버드나무 한 그루 서있다 다리 아래 앉은뱅이 썰매 하나 얼음판을 지키고 있다 미끄럽던 날들은 다 어디로 갔나

　차례를 기다리며 언 발을 구르는 아이들, 왁자한 소리는 모두 흑백을 빠져나갔으리라 색동 팽이를 건네주고 돌아서던 그 아이 등짝에 퍼붓는 눈발 모두 거기 있는데 이제 아무도 대답하지 않는다

　옛일들 모두 사진 속으로 혹은, 이빨 빠진 회상 속으로 몰려가고 선명하게 보이는 서쪽의 주변도 흑백사진에 모여 있다 오래된 집 안의 따뜻하고 늙은 냄새도 모두 구부정해져 있고 한 시절을 떠올리던 흑백은 모든 질문을 닫아건다

　지금 생각해 보면 추운 몸엔 따뜻한 옷, 더운 몸엔 시원한 옷을 입는 일과 다름없었다

　옷의 앞섶을 채우는 검은색 단추, 한 시절로 드나드는 문은 모두 검은 여밈과 풀림으로 이루어져 있다

눈물 한 끼

봉분 가득한 씀바귀 줄기에서
낯익은 머리카락 냄새가 난다고 바람이 쓴맛을 키우며
아는 체를 한다
맨 마지막에 챙겨 간 늦가을의 기억 잊지 않으려
엄마는 해마다 씀바귀 김치를 마련한다
이파리마다 꽃 진 자리마다
아직 할 말이 남았다는 듯 뽀얀 젖줄을 쟁여두었다
봄바람을 보태 손으로 뽑으면 쉽게 뽑히는
엄마 잔소리 같은 씀바귀

몇몇이 둘러앉아
금방 버무린 씀바귀 김치를 먹는다
뱉지도 삼키지도 못할 쓴맛에 목이 메면서도 몸에 좋다고
말대답하듯 설탕을 뿌리고 식초를 붓는다
참, 맛있다
참, 맛있다 말은 엄마에게서 처음 들었을 것이다

잘 삭은 울음은 형체가 없다
나름 세상의 쓴맛 단맛 다 보았다 생각했는데
왜 엄마라는 말은 눈으로 간을 보는 것인지

왜 짭짤한 눈물 맛을 입안 가득 맛보는 것인지
엄마 잔소리는 쓰기로 유명했다
한 번쯤 가출을 꿈꾸게 했던 그 쓴맛
생전에 씀바귀 김치를 잘 해주셨는데
저승에서도 농사를 지으시는지 산소는 씀바귀밭이다
달달한 나이의 자식들 둘러앉아
쓰디쓴 김치를 반찬으로 눈물 한 끼 먹는다

화전火田

밭의 첫 수확은 활활 타는 불길이었다
그을린 땅에 뿌렸던 최초의 씨앗에선 화덕 냄새가 났고
여분의 식량은 늘 빠듯했을 것이다
잠깐의 햇볕으로 농사를 지으면
그다음 해의 밭은 한 해를 묵힌다
비탈밭에 위태롭게 붙어있는 식량들은
어느 철에 갖다놓아도 주린 배를 채우지 못했다

화전을 일구었다던 소탄리 외가댁, 나선형 같은 비탈밭
에 조를 심어 조당수를 쑤어주시던 외할머니 등뼈는 비탈밭
경사를 닮아있었다

소탄리의 사계절은 늘 응달이었고
유난히 길었던 겨울이 어룽거린다
가끔은 구름이 화전 아래로 흘렀고
화전의 발원 같은 그곳에 살던 사람들과
불로 이룬 몇 채의 집은 모두 꺼져있다

화전의 지문 같은 빈 집터에
타고 남은 재처럼 잡초 무성하다

내비게이션에도 없는 잘못 든 길

길이 끊겨 갇히고, 그나마 잘못 들 수 있는 길마저 이제
는 없다

한때는 마당이었을 집의 기록에서 자동차 등을 돌린다

이렇게 그들도 막다른 비탈을 찾아왔었을 것이다

아래쪽 계곡물도 오래전에 방향을 바꾸었을 것 같은 골짜기

묵정밭을 끼고 돌아 나오는 가을 길

백미러 속엔 그때의 화전이

불길에 활활 타고 있다

비 끝

장마의 맛으로 과일이 익어간다
낙화의 끝, 그곳에서 비는
풀꽃의 생활력이다
한 뼘이 자라고 저마다의 마디가 맺힌다
마디와 매듭은 동향 같지만
결박과 연결이라는 다른 말로 불린다
넓어지는 호박잎은 빗소리 영토고
고구마 줄기는 폭염의 섬유질이다

아버지의 장화엔
벌레 몇 마리가 숨어있고
눅눅한 며칠과 바짝 마르고 갈라진
건기 같은 뒤꿈치가 들어있고
폭우에 씻긴 감자 속으로
파란 하늘이 들어찬다

풀은 끝이 맛있고
비 끝도 맛있다

말뚝에 매어진 고삐의 반경을 뜯어 먹는 소는

비 끝에 뱃구레가 한층 넓어지고
소의 하루는 둥그런 원 안에서
느릿느릿 되새김질 중이다

한동안 줄기차게 내린
비 끝엔 찬사와 비난이 함께 있다

부추꽃

한밤 귓가에서
부추꽃이 쪼르륵쪼르륵 핀다
오랜 하품이 활짝 핀다

아침, 간밤의 요의를
부추밭 고랑에 붓는다
쪼그려 앉은 파란 부추들 소복하게 자란다
이슬 맺힌 줄기에
찔끔찔끔, 오줌 끝이 하얗게 핀다

부추 먹으면 오줌 맛이 난다고 생각했다
하문下門을 열고 파란 부추가
돋아나는 꿈을 꾼 뒤부터
푸르게 번져가는 물음들
본래 색은 파랗고
정적을 깨는 소리도 파랗다

봉긋하게 마렵다가
활짝 피는 부추꽃처럼
오줌이 마려울 때마다

부추꽃이 피려 한다고

부끄럽지만 다 자라 베어 온 부추는
살짝, 하의만 벗기면 된다

흔들리는 일

어금니 근처의 이빨 하나가
점점 더 심하게 흔들린다
어느 절의 당간지주 못지않은
역할의 기둥이었다
섭식과 씹는 일을
받치고 서있던 막중이었지만
푸성귀조차 힘주어 씹지 못하는 것을 두고
그동안 씹어 삼켰던 것을 생각하면
다름 아닌 기둥 하나를 흔든 일
종래에는 온 기둥을 다 뽑는 일이
나를 먹여 살린 일이었다는 것
세상의 물렁물렁한 일
물렁한 음식 앞에서도
이젠 단단히 각오하라는 뜻
마지막 폐업에 몇 순가락의
쌀을 넣어주던 풍경이 떠오르는 것이다
더 이상 먹여 살릴 일이나
먹고 살 일이 영영 끝난 뒤에도
생쌀을 오래 물고 있을
기둥 없는 폐업처럼

그래서 속수무책이라는 말을
흔들리는 이빨이 지긋이
깨물어 보는 것이다

제3부

고양이 조각

육포 한 조각 받아먹은 적 있는 고양이가 틈만 나면 찾아왔다 그때마다 한 조각의 어렴풋한 힘을 생각해 보지만 들고양이와 나는 어느 곳도 서로 맞지 않는 다른 조각이다

고양이와 나 사이는 한 조각의 거리, 낮고 다정한 회유와 불안한 경계심이 만나는 거리, 그것들이 짐승처럼 가끔 서로 만난다

주차장 산수유나무 아래 따듯한 봄날처럼 몸 풀고 한 조각을 기다리는 새끼들은 색깔도 다양한 여러 조각이다

야옹, 한 조각의 말뿐인데 멀고 가깝다

가을로 들어선 나무들은 조각조각 색깔이 들어차고 한 조각 구름 주변에도 빗줄기가 들어있다 모든 것은 한 조각으로 시작된다는 듯 새로 생긴 한 조각 잃어버린 한 조각의 일들로 맞춰지지 않는 가을

들고양이는 들의 한 조각이겠지 한밤의 조각 혹은, 배고픈 한 조각이 아닌 한 조각 남은 배고픔이겠지

한 조각이 빠진 조각은 불러도 오래 걸리는 시간이 가득 들어있다

양팔 저울

저울은 무게를 부축할 수 있다
가벼운 무게도 내동댕이치지 않는다
좀 더 무거운 쪽을 덜어내거나 가벼운 것을 불린다
양팔로 들어 올릴 수 있는 것은 대부분
물건이거나 공경이지만,
부축은 한쪽을 받치는 일이고 따라가는 것이다
기우는 것들은 어느 한쪽을 내려놓고
그쪽으로 흘러 나갔다는 것
양팔의 기울기를 가늠해 보면
친가와 외가는 무게가 다르다
무게가 다른 것은 다른 얼굴이 들어있다는 뜻이다
한쪽에는 솜을 올린 듯
또 한쪽은 돌멩이를 올린 듯 부축하는 일이 있지만
무게는 의지하는 쪽의 것
팔을 잡기도 하고 팔짱을 끼기도 하지만
매달려 올 때가 오히려 더 가볍다

마음만큼 무게중심에 밝은 곳도 없다
아이를 잡고 가던 손이 어떤 약속처럼
두 집안의 중심에 서있다

갈수록 무거워지는 사람들이 북적댄다
눈물의 무게가 다르듯 중심의 추가 분별하는 것은
쓸쓸한 측은함이다
그래서 한쪽으로 기울어질 만하면 반드시
잡을 것이 나타나는 저울이 있다

엉겅퀴

엉겅퀴는 자꾸
숨으려는 색깔 같다

매 맞은 일을 자꾸
잊어버리려는 색깔 같다

한쪽 무릎을 세우고 아득한 가랑이 속 운세를 떼던 여자
의 눈두덩 색깔 같다

삼거리 지나 세 번째 파란 슬레이트 집 여자, 엉겅퀴 한
입 가득 물었다 아무도 모르게 뱉고 작은 시멘트 다리 건너
기 전 기역자집 남자, 욕설 반 푸념 반 섞어 보란 듯이 뱉어
내던 그 엉겅퀴

마을 사람 중엔
보라색으로 물든 이빨들이 많았다

엉겅퀴는 자신을 몰라서 모르고
집집들은 짓이겨진 보라색 속으로 숨고
입안에 가시들이 자라고

엉겅퀴는 마을의 집을 빠져나와

흔들리는 풀숲,

바람을 옮겨 다니며 욕설처럼 핀다

중심

실이 탄다
가끔 바지직, 바지직
중심이 꽃 피는 소리를 낸다

꽃 피는 중심 밑에서
일렁이는 숙제를 해보았다
한 줌의 밝기로
온 집 안의 정전을 견뎌낸 기억이 있다면
다시 급작스러운 어둠을 위해
보관해 온 그 몽당의 밝음이
누구에게도 있을 것이다

촛불은 바람에 꺼질 듯
흔들리다가도
결국 중심으로 돌아온다
깊게 뿌리 내린 실낱이 가물가물
중심 속으로 피어난다면
나팔꽃 메꽃 인동초 종덩굴꽃 들도
모두 실 끝에서 피어나는 것 아니겠는가

마침내 실 끝이 흔들리고
뜨거워지면 불타는
가장 어두운 곳에서
가장 먼저 피는 꽃

돗자리마다 봄

햇살이 돗자리 위에서
촘촘 엮이는 계절
집 안 구석구석 찾아보면
풀밭 같은 돗자리 몇 장은 있다
겨울이 모른 척 비워 놓고 간
적재적소들, 그곳에 깔면
봄날은 자글자글 햇살 구들을 덥힌다
물이 흐르는 개울가도 좋고
두리번거리는 진달래 옆도 좋고
떠난 애인의 빈자리여도 좋다
딱 돗자리 한 장만큼의
화전놀이면 좋겠다

봄마다 펴고 접은 돗자리들은
어느새 좁아지거나
혹은 너무 넓어져서 네 귀퉁이마다
지긋이 돌을 눌러놓아야만 되는 때가 오고야 만다

유원지 돗자리마다
왁자지껄하게 물오른다

휴대용 버너 위에 라면이 끓고
일회용 그릇들을 펼쳐놓은 옆에서
지글지글 햇살의 겹과
흐르는 물의 겹을 굽는다
나무 그늘이 돗자리 옆을 비껴가고
다시 돗자리들이 착착 접힌다
무성한 풀밭이 돋아날
그 봄의 옆자리들
즐거운 한때들이
둘둘 말려 봄을 지나간다

침낭

묵은쌀을 씻다 보면
쌀벌레들이 쏙 빠져나간 껍질이 둥둥 뜬다
쌀벌레들, 사람의 양식에서 비박을 하다 쏙 빠져나갔다

쌀독을 열면 나방들 날아오른다

올봄에 나는 몇 번의 비박을 했다 침낭에 들어가 내 온도
로 덥힌 따듯한 잠 애벌레처럼 숲의 온도를 꿈틀거렸다 봄
바람보다 더 스산하던 나의 애벌레들 지금쯤 나비는 아니더
라도 나방 몇 마리쯤으로 날아가지 않았을까

차곡차곡 침낭을 갤 때
나는 또 어떤 변태를 거쳐온 것인가

사람의 양식에서 살찌우고 탈피한 저 얼굴들의 끝이 멀
리 날아오르는 힘조차 없는 나방이듯 나의 애벌레도 그와
같은 것이다

더는 다음 변태지의 침낭을 찾지 못한 채 생이 양식에 붙
어 깊어지지만 남은 쌀 뒤적이다 보면 손가락 사이를 부옇

게 달라붙은 시간

개지도 않은 침낭 속에
내가 빠져나온 잠이 그대로 누워있다

잠꼬대

섬어譫語라고 합니다만
꿈에 누군가를 만나고
잠과 나누는 대화라고 여겼습니다
생시와 잠이 반반씩이니까
잠도 그 근간을 이루는 군상들이 있겠습니다
잠 깬 귀가
잠의 말을 엿들을 땐 비밀스럽습니다
가끔은 잠에서 들은 말을 기억해도
한 말은 거의 기억나지 않습니다
그건 다른 사람의 꿈에
보관되어 있을 겁니다
꿈에서 내게 서운한 말을 한 사람을 찾아가
어젯밤 꿈을 따졌다가
꿈이나 깨라는 면박을 당했던 일도 있습니다
꿈꾼 적 있는 조각난 말들의
환영幻影을 더듬을 땐
생시보다 꿈이
살기는 그저 조금 수월한 것 같다는
짐작을 할 때도 있습니다
알아도 온통 걱정일 겁니다

생시는 꿈이

꿈은 생시가 걱정이라

이런저런 말들을 뒤척거린 일인 것입니다

이불을 개듯 꿈에 들은 말들은

꿈속에 놓고 나와도

잘 개어집니다

거슬러 오르다

바다를 따라 레일바이크를 탔다
2인승에 나란히 앉아 페달은 혼자 밟았다
당신의 무릎과 내 무릎의 속도로
꽃 피고 시들었다고
아버지와 나
생각해 보니 당신만 달린 것 같다고 말했다

열심히 밟고 있지만
달려가고 있는 것은 당신이다
당신의 무릎과 내 무릎은
한 번도 제자리걸음을 해본 적 없다
당신의 잔소리도 무진장 바빴다
어디에 이런 감탄이 숨어있었는지
들뜬 풍경들을 건성으로 대답하며
느리게 지나가는데, 그러니
너무 많은 감탄은 쓰지 말기를 바라지만
몇 개의 터널을 지날 때마다
터널 안의 화려한 불빛들이 다가오다
뒤로 사라지길 몇 차례 거듭된다
지나온 길을 고려하지 않아서일까

젊은 날이 화려하게 기억되는 듯
자꾸만 뒤돌아보는 아버지

터널을 지나 잠시 정차 중에
아직 빠져나오지 않은 어둠처럼
나는 오십 년 동안
당신의 자리로 바꿔 앉았다

고양이 자리

춥고 어두운 빈 상가 옆
고양이 자고 간 자리가 따뜻하다
저의 체온을 스스로 끓이고
덜어놓고 간 자리
미온微溫이라는 말은 가느다란
몇 가닥 열선 같은
수염 자락

잡동사니들의 틈
나뭇잎, 버려진 천 조각들도
체온이 있을 때가 있다
고양이가 웅크렸던 자리마다
간밤은 따뜻했을 것이다
그렇다면 고양이는
간밤의 모닥불이나
난로 곁은 아니었을까
서로 웅크린 곳은 따뜻한 곳이니까
그곳이 어느 곳이든
한밤엔 고양이를
기다릴지도 모른다

보드라운 배의 속 털을
기다리는 곳들
간밤에 고양이가
조용조용 어슬렁거린 이유도
그와 같을 것이다

저것 봐라 어둠 속에서
고양이가 고양이를 빠져나온다

실수를 고치다

술이 깬 아침의 연장은 자학이다
세상의 절반이 실수 같아 보이는 날이면
접착력 강한 부끄러움을 떼어놓을 수 없다
머릿속을 고치는 뚝딱거리는 소리가 들리고
통째로 흔들리는 상상의 누각
애초부터 취흥으로 지울 시간이 아니었다
삐걱거리는 바람의 소리들을 모아
못 하나 치고 싶지만
실수란 지나간 사랑이라는 것, 열탕 속이라는 것
마음에 드는 모양이 없어 이리저리 고치기를 반복해도
새로운 모양이 나지 않는다

도둑맞은 생각들
생각보다 늘 앞자리에 있는 실수는
남이 하는 것은 그나마 웃어넘길 일이지만
자신만 못생긴 실수 안에 살고 있다는 듯
그 속을 드나드는 문을 고치는 아침
다짐으로 봉인된 문 앞에서
취했던 문 하나를 영영 잊는다

작은 유리병 속엔

얼마나 많은 흥겨움과 자학이 들어있나

술잔이란 또 얼마나 튼실한 위로인지

묵시록으로 남아있는 꿀꺽 삼킨 말

실수 안에서만 뜨겁게 끓고 있는 일들이 있다

귀를 이식하다

귓속에서 물 흐르는 소리가 난다
의사는 귀를 이식하기 좋은 계절이라고 했다

귀는 몇 방울의 물로도
묻거나 대답이 될 수 있다고
작년의 귀가 또는 몇십 년 동안의 귀가 끝나고
새로운 귀가 움틀 때라고 했다
귀는 가끔 눈이 하는 역할을 탐낼 때가 있다고 한다
때로 어떤 물음은 대답일 때도 있으니까
귀로 운다고 말하면 억지일까
의사는 동전 크기의 두피를 열고
그곳에서 귀를 꺼내 다시
귓속에 넣어야 한다고 했다
왜 듣는 말에 따라 환해지고
지끈지끈하기까지 했었을까
말을 골라 듣는 귀가
얇은 두피 속에 도대체 몇 개나 있는 것일까
머리를 다친 사람이 몇 년째 듣지도 못하고
누워있는 것을 보면
귀들의 계절이 끝난 것은 아닐까

귀는 일년생,
또는 다년생일 것이지만

귀를 고를 수 있다면
귀를 바꾸기에도 딱 좋은 기회일 것 같은데
내가 골라서, 지끈거리는 귀가 아닌
제일 반가운 귀를 이식하고 싶은 것이다

에코존

영동고속도로 인천 방향,
진부에서 횡계 Happy 700구간에는
가속페달을 밟지 않아도 주행이 가능한 내리막이 있다
시작점에서 끝점까지 약 2km 정도
관성 주행이다
속도로 치자면 지칠 대로 지친 구간이다
누가 등 떠밀지 않아도 앞에서 끌지 않아도
자발적으로 폭발하고 엔진 없이도 잘 굴러가는
순리의 속도 구간이다

높낮이가 다른 언성도
치켜뜨고 아래로 눈썹 덮는 눈길도
알고 보면 다 속도를 갖고 있다
심장이 폭발하듯 눈빛이 자주 맞춰졌었다
같은 속도로 달리면서 제한속도 밖을 꿈꾸었다
급히 규정 속도를 유지하던
풍경은 지루하고 표지판은 얼마나 친절했었나
익숙해진다는 것은 얼마나
쓸쓸한 불행인가

다른 힘에 의지하지 않는
에코존은 내리막의 힘으로 달리는 구간이지만
그만큼의 높이를 올라왔다는 것이다
가속의 감정들을 좀 쉴 때도 됐다고
자신의 의지로 달리는
내리막 구간은 참 편하고 쓸쓸하다

거울이 하는 일

옷을 입어볼 때마다
거울은 나랑 어울리지 않는다

옷들의 얼굴을 기억하는 일로 외출은 늘 늦어지기 일쑤다
분명 어디선가 입어본 옷인데 어느 생에서는 예복으로도 혹
은 상복으로도 입었던 것이 분명한 고르고도 골라 입는 옷

내 몸에 많은 옷이 살고 있다
기시감을 앓고 있다

옷에 몸을 맞추던 시절을 지나 다시 옷에 몸을 맞추는 이
계절의 나무들, 옷들은 그 주인의 품을 기억한다는데 내 몸
에 딱 맞는, 맘에 드는 옷들이란 어떤 생의 한 벌 또는 단벌
들이었을까 모르는 옷이 날마다 나무를 빠져나온다

나를 오래 입지 않았던 사람들은 구겨지고
기억하기 싫은 유행들이
봄을 지나서 다시 거울 속으로 사라진다

보이는 옷과 입어보는 옷은

더 이상 내가 아니다

정확히 말하면 거울이 하는 일이다

전생과 놀다

송정암 절 마당엔
봄 햇살이 개털처럼 날린다
벚꽃도 아지랑이도 개털과 한 계절로
따뜻한데, 털갈이 중인 개 한 마리
어디서 물고 온 것인지 장갑 한 짝 물어뜯고 있다
공중이 못마땅한 듯
물고 있던 장갑을 던지며
주먹을 먹이고 있다
개는 나무 밑을 맴돌다 다시 마당으로
어쩌면 전생의 연인이 생각난 듯
또 측은한 듯
왼쪽 손 하나 핥고 있다
그래서 네 개의 발을 받았을까
사람의 말, 몇 마디만 알아들어도 칭찬받는
귀를 가지고 있다
개와 장갑은 서로 생각나고 또
생각나지 않을 때까지 논다
절 마당 귀퉁이에서
네 발을 정성스럽게 핥는 개

전생이 가끔 생각나는 듯
두 귀가 산문 쪽에서 골똘하다

제4부

신위

오늘 밤은 고아가 아니다 아랫목이 빈 날도 아니다 목단도 텅 비어있고 방들도 내외를 바꾼 지 오래지만, 오늘 밤은 방이 비좁다

빈 숟가락처럼 자꾸 입이 마르는 것은 그 옛날 당신의 젖을 물고 싶어서일까 모계를 잇지 못해 나도 곧 잊힐 외가겠지만 오늘 밤은 밥 짓는 일이 즐거웠다

종이들은 야위었고 지방의 글씨들은 더 앙상하다

신위를 태운다
뒤꼍 어딘가 숨어있던 목단잎 떨어지는 소리

생전의 입맛과 사후의 입맛은 다른가? 밥이 축나지 않은 것을 보면 임종 때 입맛 그대로인가 싶은데

병풍 속 목단이 제일 환한 밤

보라색 투병

여자의 머리카락은 유효기간이 지난 지 오래다
방사선 치료 횟수가 늘어날수록
민숭민숭한 나날이 있고
언젠가부터 보라색 모자만 쓰고 다닌다
병을 따라가는 걸음은 무겁고 휘어져 있다
알약으로 만든 그림자를 끌고 다닌다
머리카락이 빠지기 시작하면서
숨소리의 갈래는 오랜 투병을 정리한다
늘 최고로 좋은 음식과 약재를 주며
병을 모시고 다니지만 몸은 수척하다

검은 머리가 흰머리로
늙어가는 것도 투병이라면 투병이다
말투가 달라지고 혀가 느리게 된다
머릿속에 말을 내뱉기도 전에
주문한 적 없는 단어가 불쑥 튀어나온다
때로는 어떤 단어 근처를 피해 가려는
행동은 또 다른 말로 인식되곤 한다

모자 안의 낯설고 자잘한 생성들이

보랏빛 허울 밖으로 걸어나간다
여자에게 보라색 모자는
질긴 머리카락이다

발뺌

밤새 눈이 내렸다
햇빛을 놓쳤거나 혹은 기다리는 눈 위로
여러 사람의 발자국이 나있다

움푹한 발자국들은
미끄러운 길을 꽉 쥐고
평탄 대로인 양 지나갔다
날씨가 추워지고
발자국은 얼었고
발자국들 여러 번 햇살을 갈아 끼우는 사이
곧 녹아 사라질
밀서 같은 봄을 믿는 눈치다

눈이 녹고
발자국이 녹기 시작하고
아무렇게나 고인 물을 비켜
발자국들이 발을 빼며
발뺌을 하고 있다

봄이 되자 발자국이 사라졌다

꽃이 사람 속에서 사라지는 일과
같은 일일 것이다

폐광의 메모

검은 산 깊숙한 곳엔
깨진 유리창 하나 놓여 있다

역전 동일다방 깨진 창문은
폐업의 안쪽으로 날카로운 파편을 끌고 가고 있다
검은 폐광을 닫아놓고 있다
깨진 흔적으로 내부는 이미 폐광이다
한때는 저 검은 산속에서도
거대하고 윤기 나는 검은 짐승이 있었다
발파의 굉음으로
산간 도시를 먹여 살렸었다

검은 것들의 흥망興亡은
싸늘하게 식고야 마는 재가 목표다
빈 아궁이를 들여다보며 난감해 하다가도
바람 부는 날이면 방수포 들썩거리는
저탄 더미는 아직
살아있다고 믿는다

동일다방 깨진 유리창 안쪽은

아직도 컴컴한 시간이 채탄採炭을 기다리고
가끔, 깨진 산속에서
어떤 오래된 노인이
삐걱거리며 울 때가 있다

연장론

손을 놀려야 먹고산다고
말한 사람은 몇 년째 손을 놀리고 있다
펜치며 연장들의
앙다문 입으로 녹이 눌어붙어 있다
잔뜩 오므린 채 떼어도 펴지지 않는
식음 전폐다

몇 년 무소식 끝에
집수리 부탁하려 찾아간 김 씨의 사정은
사람도 기술도 그 수족도 폐업이다
수많은 연장들의 수장이었던 사람은
밥보다 알약을 더 많이 먹는다
그나마 열리는 입에선
흔들리고 떠는 말들뿐이다

돌아오는 길,
봄은 또
연장들도 없이 나무마다 달라붙어
꽃 피는 공사 중이다
고장 난 우리 집 수도 파이프는

어느 봄의 독촉으로 졸졸 새고 있는가
꽉 다문 연장들의 입을
어떤 봄의 입김으로 녹여야 하나

미로 찾기

알코올에 묶인 몸이 다시 침대에 묶였다
애원하던 술기운들이 모두 눈으로 몰려 있다
동해병원 면회실
간호사를 따라 어두컴컴한 복도로 들어왔을 취기
휘어진 복도 끝 철문, 열쇠 구멍만 한 희망
열리자마자 닫히는 등 뒤의 바깥들
왜 힘든 싸움은 가장 깊은 곳에서 치열할까
문 닫힌 곳들은 안쪽도 바깥도 아닌 미로
불안하고 먼 얼굴들이 서성거리는 면회실
옮겨 심은 나무의 지지대 같은
환자복 속 중심 없는 몸이 떨린다
골목을 따라 문 잠겨있는 술집이 여럿
술 팔지 않는 안면들이 무서웠을 것이다

떨고 있는 나무, 양조장을 했던 집
젖을 떼기도 전 그는
누룩 냄새를 먼저 알았다고 한다
늘 젖처럼 한 방울을 넘기고 싶었을지도 모른다

수천 낭떠러지에 그는 묶여 있다

지독한 술기운과 갈증 같은 병명으로

그의 몸에서
술이 빠져나가고
그가 빠져나간다

무심함에 대하여

원주 중앙시장 골목,
전을 부치는 솥뚜껑은 어쩌면 저렇게 무심한가
메밀전 배추전 미나리전 감자전
서로 다르게 부르는 이름이지만
그 묽은 반죽 속에 고작 배춧잎이나
파 몇 대궁이 그 얇은 한 장의 힘인 것을
한참을 서서 지켜보았다

고도의 기술이란
다름 아닌 단순하게 손 놀리는 무심함이라는 것
진동하는 냄새의 끝엔
무심한 손끝이 붙어있다는 것

찢어지지 않게 얇게 부치는 기술에도
한쪽을 익히고 그 익은 쪽의 힘으로 뒤집는 일
모난 곳 없는 동그란 모양
파치도 없이 부쳐내는 여자의 근심 한 장이거나
산전수전 끝의 달관이다

전 부치는 냄새는 문득, 이라는 말

오래된 식욕을 불러오는 냄새 근처엔
비 내리는 날의 처마 밑 기름 끓는 소댕이*가 있다

들러붙은 힘으로 익거나,
또 잘 뒤집히는 무심함처럼
올 장마도 시작이다

* 소댕이: 솥뚜껑의 강원도 사투리.

역참

퇴직을 앞둔 남자가
산의 오르막 내리막을 뒤져
말굽버섯을 따 왔다
꽤 오랜 시간을 내리 달린 발굽
나무가 자라는 그 속도로 달린
말발굽이라 했다

병꽃나무 씨방이 몇 번 지고
으름덩굴의 열매가 열렸다가 떨어지는 동안
말굽버섯은 자작나무가 역참이라 했다
달리다 지친 말들이
발굽을 쉬는 동안 이리 휘청 저리 휘청
바람을 달린다고 했다
달렸지만 늘 제자리였다고 한다
그래도 까마득한 높이는 아니지만
자작나무 중간쯤
이로운 약성藥性으로 단단한
말발굽 버섯처럼
남자의 고단한 발굽도
자작나무도 한동안 쉴 것이다

봄이 올 때까지 온 산도

거기 그대로 있을 것이라 했다

러닝셔츠는 달린다

그는 잠잘 때와 일을 할 때
휴일을 가리지 않고 러닝셔츠를 입고 서류를 작성한다
빠른 필기에 따라 그의 러닝셔츠는 늘 달린다

무료하게 텔레비전을 볼 때도 화장실에 앉아 신문을 펼칠
때도 상견례를 할 때도 그의 옷 속은 여전히 달리는 중이다

달리면서도 질책을 듣고 거래처를 만나고 회식을 했다 주
차된 자동차의 미등이 방전되고 무수한 구두를 갈아치우면
서도 기껏 달려온 곳이 말단이다

여전히 그룹의 맨 마지막
고지식한 그룹을 달리는 것이다
동료가 팔을 걷어붙이고 불뚝한 근육을 보일 때
토시를 하고 바뀌는 서식이 못마땅해
그는 여전히 달리는 중이다

그가 달리지 않는 시간은
공중목욕탕에 있는 시간이거나 거울을 볼 때겠지만
이미 그의 몸에는 살이 되어버린 러닝셔츠가
문신처럼 남아있다

걱정은 오지랖이 넓다

설비 아저씨가 와서
물 새는 수도꼭지를 풀었다
살짝 휘어진 스프링 하나를 갈아 끼웠다
새던 물이 뚝 그쳤다
그랬으면 좋겠다
붉은 이파리 줄줄 새는 저 나무들 속에도
살짝 휘어진 스프링이
가을 쪽으로 휘어져 있을 것이지만
누굴 불러야 하나
삼거리설비 김 씨는
희끗희끗한 겨울이고
동진설비 아저씨는 허구한 날
붉은 가을 얼굴이고
어디 봄을 닮은 설비 아저씨는 없을까
오지랖 넓은 걱정을
가만가만
봄비 오듯이 하는 것이다

술 취한 목소리가 없는 집

몸을 열고
다시 닫은 뒤
남자는 술을 마시지 않는다

몸속에는 얼큰한 취기로 열거해 온
자신의 행적이 고스란히 기록되어 있었지만
그것을 읽어낸 것은 남자가 아닌 의사의 청진이었다

술은 부어지고
아주 천천히 샌다
캔 뚜껑처럼 몸 여기저기를 열고 흘리던 술
다음 날이면 지끈거리는
자책이 되던 술

펄펄 끓던 그 도수들이 다 빠진
무알코올 저녁과 골목들
알코올 도수가 없는 집은 이제
밍밍한 집이 되어버렸지만
그 오랜 시간 동안 빠져나간
술의 막무가내 체위들은

저토록 얌전해졌다

남자의 무반주 같은 나날이
맹숭맹숭 지나간다

도시의 귀

머릿속이 하얗다는 것은
하얀 달 하나 떠있기 때문이다
반듯하게 혹은 모로 누워도 여전히
머릿속이 하얗고 달은 기울어서 멈추었다
굳어진 머리는 푸른빛을 거둔 지 오래다
어두운 밤 검은 도로를 질주하는 굉음은
잡을 수 없는 소문 같다
콘크리트 바닥처럼 딱딱한 말들이
걸음도 없이 또각또각 걸어간다
차들의 긴 꼬리가 너무 빠르다
도시의 귀는 이미 막혔다
모든 사람 제 말만 떠들 뿐
얼굴을 모르는 말들이 하얗게 떠있는 밤
선술집 네온사인 간판처럼 깜빡이는 말들이
쉽게 꺼지지 않는다
출처도 없는 말을 듣고 속이 불편하다
불같은 연소가 뿜어내는 매연이 맵다
어둠은 가로수 잎 사이로 스며들고
묵비권에도 요동치는 파동이 인다
시간이 지나도 마찬가지로

세상을 바라보면 구겨버리고 싶은 백지다
그때 가만히 생각을 들여다보니
점점 부풀어가는 낮달이 허락도 없이 떠있다
달을 굴려보지만
각진 모양으로 어디로도 굴러가지 못한다
잠시 귀도 닫고 낮달을 끄고 싶다

아문 곳들

가끔 아문 곳들이 가렵다
아문 곳들은 예민하고
또 민망해서
긁으면 아픈 듯 시원하고 시원한 듯 아프다
세상 어디에 멀쩡한 곳 있을까
울긋불긋한 곳들도
알고 보면 모두 탈이 난 곳일 텐데
꽃그늘은 시원한 그늘이 아니어서
주저앉아 쉰 적 없고
다만, 다 아문 여름 나무 밑에서는
감탄할 꽃 없어 시원했다
그래서 손톱 밑은 감당키 어려운
덧나는 버릇이 있다

타인의 손과 내 손은 떨리는 사이지만
내 손과 가려운 곳은 먼 타인이다

가려운 곳 만나면
믿을 것은 손톱밖에 없고
손톱에는 보이지 않는 눈이 있다

손톱 밑이나 가려운 곳곳들은

서로가 남이다

그러니까 아문 것들은 모두 남이다

흔들리는 손잡이

채탄 선로가 폭발한 지하, 아주 큰 소리에 묻혀 죽은 사
람들 굳이 알리지 않아도 뉴스들은 앞다투어 보도를 했었다
어둑한 레일만 입구를 비추고 있는 화면에 오십여 년의 생
애가 단 몇 줄의 검은 자막으로 정리되었다

밝은 곳보다 어둠과 더 친했던 남자, 이젠 더 이상 지상
과 지하를 오가지 않아도 된다 이제 그는 동해병원 알코올
중독으로 입원 중인 형의 면회 신청서에도 그의 이름은 사
라진다 더 이상 광차 바퀴 덜커덩거리는 일도 없을 것이다

관을 묶었던 여덟 개의 흰 광목 손잡이가 길게 풀어졌다
관이 열리고 땅속에서 죽은 이는 다시 땅속으로 들어갔다
임시 거처의 손잡이가 불에 타고 있다

남자가 열려 했던 검은 손잡이는 영영 닫히고 말았다 묵
직한 관을 내려놓고 꽁꽁 묶인 슬픔을 풀어 태운다 열 수 없
는, 손잡이가 없는 죽음이 봉긋 솟았다

돌아오는 길 영구차에 몸을 맡긴 유족들
손이 없는 허공의 손잡이들 마구 흔들거린다

해 설

'무심함'의 시선, 혹은 일상에 대한 명징한 직관들

박성현(시인)

1

먼 곳의 풍경이 갑자기 눈앞에 펼쳐질 때가 있다. 까마득한 수평선에 떠있는 오징어잡이 배를 바라보는데, 한 점에 불과한 것이 어느 순간 세밀하게 일어서며 배를 둘러싼 장막을 걷어버리는 것이다. 무대 위에는 묵직한 그물이 있고, 수면을 차고 올라오는 그물에서 흩어지고 산발하는 오징어와, 이를 낚아채는 갈매기들의 빠른 사선, 그물을 단단히 움켜쥔 인부들의 비린 근육과 땀 냄새가 캔버스 위에 펼쳐진다. 집어등의 강렬한 빛과, 그 빛들을 잇는 굵은 전선도 선명하다. 배가 한 점으로 소실되는 순간 풍경은 다시 깨어나고 새롭게 나타나는 것이다.

시는 '직관'의 놀라운 '반사—작용'이며, 직관을 받아들이고 내면화하는 우리의 언어-감각이 살과 뼈와 피를 가진 물리적 신체로 탈바꿈하는 계기다. 오직 '신체'만이 세계를 감각하고, 받아들이며, (살-속-에) 머물게 할 수 있다는 사실을 상기한다면, 직관에 의한 풍경의 확장과 이것을 언어로 솟아오르게 하는 감각과 사유의 대칭과 겹침은 명확하다. 요컨대 직관이 일으켜 세우는 '시'는 언어 내부의 텅 빈 공간, 곧 그 어떠한 기의도 이미지로 돌려버리는 '암흑지점'(혹은 기표와 기의의 '빗금')이 아닌, '신체'라는 생생하게 살아있는 '장소'에서 촉발되고 끊임없이 그곳으로 돌아간다.

그곳은 이서화 시인이 "웅크리듯 말을 집어넣는 곳"으로 명명한 "부론"과도 같은, "매운탕집들이 연기처럼 숨어있고/ 한 번쯤 바짓단을 접고/ 첨벙거리는 천렵의 기억"이자 "강물 위를 맴돌던 새 떼들은/ 강 건너편 메아리 틈으로 숨고/ 저녁노을이 단풍과 섞이는 절벽을 본다면/ 저곳에서는 자칫, 짧은 적요에도 발목을 다칠 수 있다"(「부론」)는 가시적이면서도, 오히려 그 '가시성' 때문에 몸속 깊이 숨겨질 수밖에 없는 보이지 않는 '장소'이다.

그러므로 시의 문장은 시인이 살아온 삶의 추상이자 강렬한 육화肉化다. 단지 하루의 적당한 시간에 언어를 분별하고 문장으로 솎아내는 습관적 행위가 아니라, 생활의 무수한 계기와 문턱마다 온몸의 신경을 집중시키는 감각적 사유의 융기이며, 그 각각의 실존들이 언어-이미지 속에서 자기 자신에게로 던져지는 갑작스러운 사태들이다. 시의 육화는 가시적인 '경험-내용'과 더불어 비가시적인 삶의 지

평들─이를테면, 걷잡을 수 없는 불안이나 공포, 뜬금없이 찾아오는 예감이나 공상, 그리고 불쑥불쑥 목구멍에 걸리는 무의식적 충동 등─속에서 태態의 변신을 지향하는 총체적 활동이다. 우리가 시를 비가시적 현상들의 가시적 나남으로 규정하는 까닭이 여기에 있는 바, "저 연약한 줄기가 배 속에 들어가면 한 끼가 되고 허기진 몸을 굳건하게 일으켜 세우던, 무엇이든 불어 터지는 힘으로 늘 비탈밭을 닫고 나오던"(『국숫집』) 아버지나 "물지게를 기억하시는지/ 아무리 가득 담아도 출렁출렁 흘리던 걸음/ 균형 하나가 제대로 잡히기까지/ 온전한 물통 속의 물은 손실이 크다/ 그래서 더욱 가득 담아졌던 물/ 미리 흘릴 균형까지 고려하고 담았었다/ 담긴 양이 제각각 달라도/ 물통에 남아있던 물은 늘 같은 양이었던가/ 균형은 어깨와 발걸음의/ 출렁거림이 아니라/ 물통의 그 수위에 있었다는"(『흔들리는 균형』) 명징한 삶의 지혜에 이르기까지 시는 말을 육화肉化하는 힘으로 '실재'(혹은 현실)를 이끌어낸다. "이미 그의 몸에는 살이 되어버린 러닝셔츠가/ 문신처럼 남아있"(『러닝셔츠는 달린다』)는 것처럼, 혹은 "봄이 되자 발자국이 사라졌다/ 꽃이 사람 속에서 사라지는 일과/ 같은"(『발뺌』) 것처럼, "내 몸에 많은 옷이 살고 있다"(『거울이 하는 일』)는 놀라운 발화처럼, 적어도 시에서의 육화란 현실을 창조하는 문장의 아찔함이 아닌가.

2

무엇보다 이서화 시인은 처음부터 끝까지 치열하게 언어의 물질성을 추구한다. 그에게 언어-표현이란 바로 '육화'라는 번데기에서 나비로의 탈바꿈과 같은 동일한 작용이며, 그것은 "차곡차곡 침낭을 갤 때/ 나는 또 어떤 변태를 거쳐온 것인가"(「침낭」)라는 질문이 겨냥하는 것처럼, 순간적이고 사소하며 우연으로 포진된 일상을 에두르며 생生 전체를 끈질기게 관통하는 삶의 윤리학이다. 따라서 시인의 육화는 일상의 어느 시간, 어느 장소에서도 나타날 수 있다. 이를테면, 일출과 같은 지상에서 천상으로 수직 상승하는 숭고함이나 영화를 감상할 때처럼 몽환에 가까운 가상假象이 구체적 실제로 바뀌는 기적을 통하기도 하고, 낮잠과 같은 백일몽이나 생각지도 못한 냄새나 맛, 바라봄의 매혹 등에서도 가능하다. 여기서 잊지 말아야 할 것은 육화되기 전-이미지와 후-이미지의 마주침 혹은 거울로 환기되는 기묘한 신비다. '육화된다는-것'은 필연적으로 두 번 이상의 죽음-이미지를 경험하게 되며, 동시에 탄생이라는 어마어마한 생生의 환희도 겪는 것.

거듭 말하지만, '육화'는 죽음으로 급격히 기울어지고 삶으로 개화되는 모든 순간들의 계시이며 '기억'은 이 순간들의 풍경을 담아내거나 기록하는 거대한 필름-이미지다. 넉넉하고 느슨하지만, 촘촘하고 충만한 저장고에는 시인의 몰입과 치열함의 강렬한 상처가 고스란히 펼쳐있는 것—춤고 어두운 빈 상가 옆에서 고양이가 자고 간 자리에 약간의 온기가 남았는데 시인은 이를 "저의 체온을 스스로 끓이고/ 덜어놓고 간 자리/ 미온微溫이라는 말은 가느다란/ 몇 가닥 열선 같은/ 수염 자락// …(중략)… // 저것 봐라 어둠 속에서/ 고양이가 고양이를 빠져나온다"(「고양이 자리」)로 다시 쓰면서 "미온"이라는 단어가 산출할 수 있는 서술어의 최대치를 발견한다. 또한 덕장에서 매달려 한기를 고스란히 받아내는 "황태"를 보며 "겨울 내내 눈 한번 감지 않는 황태/ 더 이상 꼬리로는 살지 않겠다는 듯/ 말라비틀어진 후미 쪽으로 똑똑 물방울들이 떨어지고 있다/ 하늘을 향해 입 벌리고/ 겨울 햇살 쪽으로 온몸 뒤틀며 날아오르고 있다"(「황태 날다」)라고 쓰는데, 그는 이미 "황태"라는 감각적 대상을 없애고 그것의 부재-속-에서 수도 없이 되살리는 것이다. 이제는 아무도 터를 잡지 않은 "화전"을 두고 "아래쪽 계곡물도 오래전에 방향을 바꾸었을 것 같은 골짜기/ 묵정밭을 끼고 돌아 나오는 가을 길/ 백미러 속엔 그때의 화전이/ 불길에 활활 타고 있다"(「화전火田」)라며 텅 비고 메마른 장소에 다시 강렬한 생명력을 불어넣는다. 뿐만 아니다. 시인은 "장마의 맛으로 과일이 익어간다/ 낙화의 끝, 그곳에서 비는/ 풀꽃의 생활력이다/ 한 뼘이 자라고 저마다의 마디가 맺힌다/ 마디와 매듭은 동향 같지만/ 결박과 연결이라는 다른 말로 불린다/ 넓어지는 호박잎은 빗소리 영토고/ 고구마 줄기는 폭염의 섬유질이다"(「비 끝」)라며 절박하고 위태롭지만 종국에는 새살로 이어질 '태態-의-바뀜'을 형상화한다. 특히, 「무심함에 대하여」에서 이서화 시인은 육화의 의미를 한 층 더 승화시키는데, 그는 바로 거기서 존재론적 아프리오리a priori를 자신의 세계 속에 정립한다.

시인은 원주 중앙시장 골목 끝의 소소한 풍경 앞에 서있다. 한참을 둘러보다가 고소한 냄새에 이끌려 전집 앞에 머무르는데, 탁주를 마시고 감자전을 씹으며 떠들어대는 분주한 모습들 속에서 유난히 텅 빈 듯한, 어쩌면 예외적이라고도 말할 수 있는 장면이 불쑥 들어온다. 전을 부치는 소댕이(솥뚜껑)가 그 뜨거운 불과 기름을 받으면서도 이상하리만치 무심한 것이다. 자신과는 상관없다는 듯한 이 '거리 두기'는 오히려 솥뚜껑의 내력을 역설하는데, 시인은 사물들도 "무심함"을 통해서 자신의 상황과 입장을 보다 예리하게 보여 줄 수 있다고 우리에게 말한다.

> 전 부치는 냄새는 문득, 이라는 말
> 오래된 식욕을 불러오는 냄새 근처엔
> 비 내리는 날의 처마 밑 기름 끓는 소댕이가 있다
>
> 들러붙은 힘으로 익거나,
> 또 잘 뒤집히는 무심함처럼
> 올 장마도 시작이다
>
> —「무심함에 대하여」 부분

원주 중앙시장의 어느 골목길이다. 시인은 발걸음을 멈

춘다. 기름 속에서 바싹 익혀지는 전들이 그의 감각을 사로잡았기 때문이다. 마음을 에두를 필요 없이, 그 냄새는 시인의 몸을 휘감고 전신으로 퍼졌다. "전 부치는 냄새"를, 홀연히 다가온 이 강렬한 마주침을 과연 뭐라 부를 것인가. 아무리 생각해도 "문득"이라는 단어밖에 없다. 아득함이 너무도 아득하여, 갑자기 시인을 멈춰 세워버린 "문득"이라는 단어에는 시인 자신의 감각을 직설하는 형용이 깊게 박혀 있는 것.

그렇게 문득, 시인은 전집 앞에 서있다. 메밀전, 배추전, 미나리전, 감자전이 기름이 끓는 솥뚜껑에서 익어가는 모습을 바라보며, 그 '익어감'의 넓고 치열한 내륙을 본다. 자연에서 문화(음식)로 이동하면서 전이되는 '익어감'이란 가장 인간적인 것에 속한다. 인간으로서의 정체성을 지속시키고 향유하게 만드는 원초적이고 직접적인 그 무엇. 그런데 그 익어-감을 '익어가게 하는 힘'은 어디에서 오는 것일까. 익숙할 대로 익숙해진 그 '풍경'의 내륙에 어떤 장치가 있어 익어감이라는 막중한 사태를 이끌어내는 것일까.

그는 곰곰이 전집의 풍경을 살피면서, 소소하게 배치된 그러나 명확한 역할을 하는 여러 장치들을 본다. 솥뚜껑에서 기름이 끓고, 넓게 퍼지는 묽은 반죽과 전을 뒤집은 투박한 손이 있다. 소댕이에서 바싹 익혀진 전까지 이어지는 무수한 인과가 각각의 이미지를 발산하면서 자신의 '장소'들을 지키고 있는 것이다. 어느 하나 뺄 것이 없고 더할 것도 없다. "서로 다르게 부르는 이름이지만/ 그 묽은 반죽 속에 고작 배춧잎이나/ 파 몇 대궁이 그 얇은 한 장의 힘"에서 시작하고 있음을 그는 찾아내고야 만다. '익어가게 하는 힘'은 바로 무심하게 보일 뿐인 장치들의 숙련과 정확성이다. 그 전들을 고소하게 만드는 것도 단순하게 손 놀리는 "무심함"이고, 전들이 찢어지지 않게 얇게 부치는 기술도 "무심함"에 있다. 이러한 "무심함"이 "문득"과 함께 전집의 소박한 풍경을 일으켜 세우는 것이다. "들러붙은 힘으로 익거나,/ 또 잘 뒤집히는 무심함"이 올해의 장마도 불러오지 않은가. 육화는 무심함–속–에서 삶을 더욱 강렬하게 만든다.

하지만, 육화라는 태態의 변화는 죽음–이미지의 반작용도 존재한다. 시인이 적확히 묘파하는 것처럼, 그것은 야만과 문명을 가르거나 혹은 수직 상승의 가능성만을 향하지 않으며, 파국의 힘(혹은 죽음)에도 동일하게 나타나기 때문이다. 통상 변태는 더 나은 삶의 꿈으로 표현되지만, 특이하게도 이서화 시인은 긍정과 부정의 두 힘을, 당김과 밀어냄의 대척을 현실 속에서 정확히 읽어내며 시로 표상한다.

배추밭을 지나면 곤충 사육장이 있다
예전엔 동네에서 가장 낡은 집이었다

봄에서 가을까지는 세상의 설명이
붙지 않아도 알 수 있는 계절이 있다
배추밭 위를 날아다니는 곤충
원을 그리듯 날다

낡은 집 쪽으로 사라졌었다

집 없는 존재들은 모두 객사하는 것일까

혼자 사는 노인이 죽은 지난봄은

딱히 마음에서도 별일이 없었다

별일을 숨기는 봄이 지나갔다

그 후 마을엔 곤충들이 부쩍 늘어났다

생전 처음 보는

모두 조용한 곤충이었다

죽음을 가만 놔두면 다 날아간다

죽은 사람은 날아가고

무거웠던 것들만 남는다

죽음은 꿈이 많다

봄에 죽어 여름에 노인을 묻었다

배추밭 근처였고 배추밭은

마을에서 가장 추운 밭이다

어느 계절은 설명할 수가 없다

—「배추밭」 전문

　　마을 사람들이 모여 배추밭 근처에 땅을 팠다. 어느 정
도 깊어지자 포클레인을 멈추고 관을 묻기 시작한다. 서둘
러 만든 관은 하관할 때도 삐걱거렸다. 저 삐걱거리는 소리

가, 어쩌면 노인의 안부를 묻는 마지막 문장일지도 모른다. 관의 주인은 지난봄에 객사한 노인이었다. 배추밭이 일터고 집이라 볕이 잘 드는 빈터를 찾아 다시 집을 만들어주는 것이다. 대부분 사람들은 무심하게 매장을 바라봤다. 삽질을 멈추고 몇 마디 욕을 하다가 막걸리를 벌컥벌컥 들이켜는 사람도 있었지만, 죽은 노인의 적멸처럼, 사람들은 모조리 입을 닫고 있다. "집 없는 존재들은 모두 객사하는 것"일까. 시인은 노인이 객사한 지난봄을 생각했다. 마음에 별일이 없었으니, 그 사건은 없었던 일이나 마찬가지. 그렇지만, 무언가를 숨기고 있는 것처럼 가시밭을 걷는 기분이다.

배추밭을 제 집처럼 일구던 노인이 객사했다. 혼자 살았기 때문에 그의 죽음은 철저하게 익명으로 가라앉았으며, 주어가 없는 죽음이었기 때문에 마을 사람들의 생활은 달라질 필요가 없었다. 그러나 하루는 어제와 다르고, 마음이 가벼울수록 뒷목을 내리누르는 힘은 무거웠다. "별일을 숨기는 봄이 지나"가고 있다. 봄이, 아무렇지 않게 지나갈수록 이상한 일들이 자꾸만 뒷목을 붙잡았다. 노인이 묻힌 배추밭에는 그 누구도 얼씬하지 않았고, 차츰 생전 처음 보는 곤충들이 부쩍 늘어났다. 곤충이라 하지만 눈여겨보지 않으면 절대로 알아차릴 수 없는 조용한 그늘과 같았는데, 어느 순간부터 사람들은 곤충에 집중했다. 곤충이 일어서고 날아다니며 드나드는 구멍들을 유심히 바라봤다.

객사한 노인의 몸은 이미 사라지고 없다. 더운 날로 접어들면서 몸의 부패는 가속되었다. 사람들이 노인을 발견

했을 때는, 죽음조차 다 날아가 버린 후였다. "죽은 사람은 날아가고/ 무거웠던 것들만 남는" 것이다. 왜냐하면 죽음은 생애를 모두 꿈으로 바꾸고 다시는 돌아오지 않도록 아주 멀리 보내기 때문이다. 삽질하던 사람들이 봉분을 밟기 시작했다. 그들의 발자국은 노인에게 다시는 사람으로 살지 말라고 경고하는 듯했다. 노인은 봄에 죽었고 여름에서야 배추밭 근처 어디에 묻었다. 그러나 어느 누구도 그곳을 바라보거나 지나가지 않으니, "배추밭은/ 마을에서 가장 추운 밭"이 될 수밖에. 마치 "동일다방 깨진 유리창 안쪽은/ 아직도 컴컴한 시간이 채탄探炭을 기다리고/ 가끔, 깨진 산속에서/ 어떤 오래된 노인이/ 삐걱거리며"(『폐광의 메모』) 우는 것처럼 배추밭을 감싸는 바람에도 날카로운 눈물, 곧 죽음-이미지로 가득했다.

3

과연, 시-쓰기와 말의 육화는 어떤 상관이 있을까. "가려운 곳 만나면/ 믿을 것은 손톱밖에 없고/ 손톱에는 보이지 않는 눈이 있다"(『아문 곳들』)라고 단언하는 시인의 문장에는 분명, "손톱"에도 시각적 기관을 부여하는 놀라운 힘이 있다는 것인데, 시인은 왜 '말'들의 흐름을 멈추게 하고 언어에 내재한 무수한 빗금-장치들을 걷어버리고 '육화'시키는 것일까.

그런데 이 질문이 바로 이서화 시인의 시를 집요하게 관통하는 작시법의 골격이라는 점을 우리는 알아야 한다. 결론적으로 말하자면, 경험-과거의 시간들은 시-쓰기를 통해 미래를 일으켜 세우는 현재로 투사되면서, 육화라는 새로운 태態의 가능성을 열기 때문이다.

당연하지만, 이와 같은 사태를 매개하는 것은 시인의 독특한 감각과 사유가 응집된 언어다. 이를테면, 「실금」에서 "실금"이란 가시적으로는 "무수한 선"이지만, 주체가 스스로에게 "움찔하는 사이에 생긴" 것으로 통찰된다. 실금의 육화라 부를 수 있을 만큼, 이 시에서 "실금"은 "언젠가 본 번개가 스며들었을 수도 있고/ 된서리 내린 처마 밑 풍경 소리/ 달밤에 보았던 희미한 나뭇가지일 수도 있"으며, "가지 말아야 할 어느 길 앞에서/ 머뭇거렸던 정황"이기도 한데, 이 모든 알레고리들은 "실금"의 태態가 자신의 모습을 바꾸는 과정들이다.

> 오전부터 하늘에 실금이 지고
>
> 주룩주룩 빗금 지는 산사에서
>
> 차 한 잔을 얻어 마셨다
>
> 무수한 실금이 반쯤 마신 찻잔에 몰려들어 있다
>
> 제 몸의 실금을 셀 수 있는 사람 누가 있을까
>
> 금이 간다는 것은 가장 약한 부분이고
>
> 한순간 허물어지는 흐린 하늘이

…(중략)…

어머니가 나를 낳았을 때
그때부터 이미 무수한 실금이 가있었다
누군가 유리를 주먹으로 치듯
나도 모르게
무형의 주먹을 수도 없이 맞았을 것이다

차를 우리는 노승의 손등으로
속세의 실금은 다 스며들어 갔을 것인데
오늘은
잦아드는 빗금들 사이로 속세의 무수한
실금들이 보이기 시작한다

—「실금」 부분

비가 오는 모양인지 오전부터 하늘에 실금이 지고 있다. 선방禪房 어딘가부터 차츰 냉기가 스며들고 번지고 있다. 차 한 잔 얻어 마시면서 "주룩주룩 빗금 지는 산사"를 보니 먼 곳이 아리기 시작한다. 몇 마디 문장이 오고 갔을 뿐인데, 침묵이 오히려 더 투명하고 친근했다. 여린 잎이 몸을 풀고 우려낸 초록과 옥빛 찻잔을 보니, 그곳에도 무수한 실금이 몰려들고 있다. 비가 내리고, 공중을 긋고 가는 빗물의 낙하가 선방까지 번진 것이다.

찻잔을 곰곰이 눈여겨본다. 실금이 여기까지 와 태態를

바꾸고 가부좌를 하고 있다. 찻잔에 무수히 금 간 자국은, 찻잔이 무심하게 흘려보내는 시간의 촉수들이다. 무심하게 흘려보내던 고통과 통증의 실타래들이다. 찻물을 받고 돌려보내던 그 무수한 반복의 결과다. 생활이고 일상이며 볕과 그늘과 그림자다. 이 놀라운 태態의 변화는 "실금"이라 통칭되는, 그 무수한 사선들이 삶의 흔적으로, 또는 생활의 기억으로 우리에게 나타난 것. 비록 "금이 간다는 것은 가장 약한 부분이고/ 한순간 허물어지는 흐린 하늘"이어서, "제 몸의 실금을 셀 수 있는 사람"은 없을지라도 우리의 실존적 삶을 반듯하게 접는다.

　시인은 "실금"을 보면서, 다른 사물과 부딪혀서 생긴 게 아닌, 스스로 "움찔하는 사이에 생긴" 것이라고 쓴다. '움찔하다'라는 동사가 상기하는 것처럼 내가 나로서 타자를 받아들이고 수용하며 표현하는 방식이다. 이를테면 "번개"나 "처마 밑 풍경 소리" "희미한 나뭇가지"가 실금으로써 찻잔에 투사되는 것이다. 문제는 이 실금의 실존이 어머니의 수태로까지 이어지며 결국 "나"로 향한다는 점이다. 어머니가 "나"를 낳았을 때, "이미 무수한 실금이 가있었다"는 문장에서 드러나듯, "실금"이 삶의 실존에 대한 증거이고, 연약한 부분이자 한순간 허물어질 수 있는 것이다. 만일 그렇다면 "나"는 어머니의 가장 약한 고리가 된다. 그러한 까닭으로 어머니의 주름은 차를 우리는 "노승의 손등"과 뚜렷이 겹쳐진다.

4

이서화 시인의 문장에는 일상−속−에서 점멸하는 육화肉化의 맹렬한 순간들이 고스란히 담겨 있다. 가령, 동인同人의 구심력을 일컬어 "저곳은 키 큰 것들의 우열이 아니라 동그란 것을 만들기 위해 모여있는 것이다 원만하게 가장자리를 향해 점차 작아"(『동인지』)지는 곳으로 표현하거나, 여행의 모든 기표들이 모조리 소진된 후에 남는 텅 빔―"그래서 텅 빈다는 것"(『여행을 밀어 넣다』)―을 여행의 본질로 묘파한다. 또한 산의 울림 때문에 메아리가 돌아오는 것이 아니라 "산의 곳곳에 숨어있는/ 음표를 닮은 열매들 때문"(『도돌이표』)이라고 거침없이 단언한다. 소 혀 요리를 먹을 때, 서로의 혀가 닿고 밀어내며 다시 붙잡을 때 소통할 때 이미 "소의 혀를 씹고 있는 사람들의 목소리에서/ 푸르고 무성한 들판 하나 쏟아져 나온다"(『우설牛舌』)고 느끼는 것이다.

그런데, 일상의 육화는 그 매혹적인 직관과 성찰 때문에 종교적 태도로까지 확대되는 경향이 있다. 다시 말해, 육화는 일상에서부터 종교적 성찰로 이어지며 표면화되는데, 시인에게는 "나무도 오래되면 절이 되는지/ 폐사지 입구에 천 년 고찰古刹/ 벙어리 법당처럼 느티나무 서있다"(『고목 부처』)는 아찔한 문장으로 나타나는 것이다.

거돈사지 느티나무에
단풍 공양이 절정이다

봐라, 매년 단식으로 앙상한 뼈로
길고 긴 불기佛紀를 견디며 왔다

입멸한 자는 누구든 부처가 될 수 있고
폐사지에서는 누구도 부처가 된다지만
천 년 넘은 느티나무 눈치를
헤아리지 않고는 사미승도 못 된다

부처도 지붕도 없는 폐사지
느티나무는 사찰 건축양식을 닮았을 것이다
맞배지붕으로 뻗어나간 가지는
몰락한 팔각지붕을 눈여겨본 행실이어서
그늘은 수십 개의 방이 있을 것이다

석축 사이를 파고든 뿌리로
돌을 먹고 자란 나무라 불린다지만
이렇게 늙다 보면
조석朝夕을 가리지 않고
잡식雜食을 할 수 있다

나무도 오래되면 절이 되는지
폐사지 입구에 천 년 고찰古刹
벙어리 법당처럼 느티나무 서있다

—「고목 부처」 전문

140

교차로에서 차를 돌려 정산리로 접어든다. 거기서도 한참을 올라가다 보면 왼쪽으로 잘 닦인 터가 보인다. 그곳이 신라 때 창건되고, 조선 초까지 융성했던 거돈사가 있던 자리다. 입구에는 7m가 족히 넘어 보이는 느티나무가 "천 년"이라는 길고 느리며 황망한 시간을 건너오고 있는데, 그 굵기만큼 하중되던 무게가 이미 먼 나이를 뽑아내고 있다. 아무리 폐사廢寺라지만, 사찰의 웅장함은 예나 지금이나 다름이 없고, 터 깊숙한 곳까지 스며든 위용이 끊임없이 흘러나왔다.

저 느티나무는 매년 단풍을 공양했을 것이다. "매년 단식으로 앙상한 뼈로/ 길고 긴 불기佛紀를 견"뎌왔겠지만, 단풍 공양은 한 해도 거르지 않았다. 하늘에서 받은 목숨이기 때문에 스스로를 지켜야 하고, 그러한 까닭으로 온몸을 붉게 변화시켜 그에 대한 보답을 기리는 것이다. "입멸한 자는 누구든 부처가 될 수 있고/ 폐사지에서는 누구도 부처가 된다"고들 하지만, 여기, 거돈사지에서는 천 년의 느티나무를 통하지 않고서는 사미승도 못 된다. 그만큼 느티나무가 지켜왔고 보살폈던 "거돈사"의 헤아림과 완곡함이 깊은 것.

다시, "부처도 지붕도 없는 폐사지"다. 고즈넉한 길을 따라 한참을 오면 지구의 눈부처 같은 느티나무가 한 채 웅장하게 서있다. 거돈사와 천 년을 몸을 섞으며 살아왔기 때문에, 그리고 "석축 사이를 파고든 뿌리로/ 돌을 먹고 자"랐기 때문에, 느티나무는 사찰 건축양식을 모조리 빼어 닮았을 것이다. 길고 두터운 가지는 맞배지붕으로 뻗었고, 몰락

했다지만 팔각지붕을 눈여겨본 행실이어서 느티나무의 그늘에는 "수십 개의 방이 있을 것"이다. 그러므로 시인은 느티나무에 스며들고 나무의 기억과 상처와 인내를 육화시키며 이런 불가해한 문장을 산출한다. "나무도 오래되면 절이 되는지/ 폐사지 입구에 천 년 고찰古刹/ 벙어리 법당처럼 느티나무 서있다". 이처럼 이서화 시인은 천 년의 느티나무를 통해 부처의 장엄을 역설하는 것이다. 사람이 아닌 한갓 미물을 통해 부처의 임재를 말한다는 것은 오히려 종교적 직설과 우화가 생활의 그것과 전혀 다르지 않다는 말과 통한다. 생활-속-에 작열하는 직관이 진리에 가장 근접한다는 선종의 예를 들지 않아도, 시인은 일상에서 건져 올린 사소한 장면들을 감각의 끝까지 밀고 간다. '자기-바깥'이 아닌, '자기-몸'이라는 '살'의 분명하고 확고한 내륙에서 말이다.

종교와 일상이 접히는 부분에서 시인의 사유는 더 넓어진다. "봄날, 양지쪽에 앉은 노인"이 무의식중에 두터운 햇살을 주무르고 있는데, 그 아찔하고 끈질긴 생의 감각이 바로 부처의 언중言中이 아닐까. "가지가 잘려도 봄은 다 이해를 하는구나/ 엊그제 세상을 떠난 동네 어르신/ 울고불고하던 자식들도 한결 평온해진 봄/ 전지한 가지마다 쓰린 꽃"(「봄을 전지하다」)도 다시 새살을 피운다는 것.

봄날, 양지쪽에 앉은 노인이 햇살을 주무르고 있다

늙은 개도 어린 개도 천방지축이고 뾰족뾰족 울음에 가

142

시가 돋는 고양이도 입맛 다시는 하품 끝, 한껏 입 벌리고
잠의 맛을 보는 중, 저의 목 떨어지는 줄 모르는 선운사 동
백도 짠물 민물 넘나드는 물 닮은 미끄러운 풍천장어도 봄
한철을 북적거리는데

　　하품 한 번 하는 사이 화르르 쏟아지거나
　　눈물 찔끔 눈가에 묻히는 그사이

　이 무료하고 밍밍한 잠의 맛으로 가장 다디단 그 맛으로
잠은 따뜻한 허방처럼 활짝 열려 있다 그러니 아무리 손으
로 주물러 확인해도 그 잠 떨치기 힘든 일이니 죽고 사는
일들의 딱 중간에 방심이 있으니 봄은 뭉쳐지는 것을 용납
하지 않는다

　　뭉쳐진 몽우리들이 서둘러 피고
　　하품 한 번 하고 툭 떨어진다
　　그사이 뾰족한 계절이 지나고
　　남아있는 잠들이 입을 한껏 벌리고 봄을 빠져나간다
　　　　　　　　　　　　　　　　　　—「잠의 맛」 전문

　묵은눈이 물러간 자리마다 볕 자국이 깊게 박혀 있다. 겨
우내 얼어붙었던 그늘도, 바싹 말라 바스락거리던 나뭇가
지들도 모두 느슨해진다. 봄날이다. 양지바른 곳에 한 노인
이 앉아 물렁물렁한 햇살을 주무른다. 저기, 늙은 개도 어

린 개도 천방지축이다. 고양이는 한껏 입을 벌리고 볕 속에 가득한 "잠의 맛"을 다시는 중이다. 제 목 떨어지는 줄 모르는 선운사 동백도, 강과 바다를 힘껏 넘나들던 풍천장어도 모두 봄 한철을 북적거린다.

그런데 "잠의 맛"이란 단어에서 느껴지는 것처럼 모든 생명이 일을 잠시 멈추고 휴식을 취하는 정지의 한때라는 의미가 강한데, 이 시는 이상하리만치 역동적이고 활력이 넘친다. 봄날의 나른함보다는 "하품 한 번 하는 사이 화르르 쏟아지"는 그 봄의 기척들이 가득한 것. 시인이 아무리 무료하고 밍밍하다고 쓰지만, 그것은 영사기처럼 빠르게 돌아가는 '봄 한철의 북적거림'을 연출한다. 사정이 그러하니 노인에게 몰려든 "잠"도, 햇살을 주무르는 손가락 사이로 빠져나가면 그만이다. 봄이 뭉쳐지는 것을 용납하지 않는 이유도 마찬가지. "뭉쳐진 몽우리들이 서둘러 피고/ 하품 한 번 하고 툭 떨어"지며, "꽉 쥐었던 손을 풀어주듯 4월 밖으로 어지러운 꽃송이를 옮"(「꽃 떨어진다」)기는 것.

다시 봄날이다. 양지에 앉은 노인이 가려운 듯 햇살을 주무른다. 주무를 때마다 따뜻한 '잠'이 손가락을 빠져나간다. 노인 곁에서 개들이 부산하다. 애나 늙은이나 할 것 없이 모두 천방지축이다. 고양이도 한껏 입을 벌리고 볕 속을 웅웅거리는 날벌레들을 쫓는다. 잠의 맛이 어쩌면 거기에 있다는 듯, 고양이는 감각을 집중하는 것이다. 선운사 동백도 풍천장어도 모두 봄의 기운을 딛고 일어서는데, "그사이 뾰족한 계절이 지나고/ 남아있는 잠들이 입을 한껏 벌리고 봄을 빠져나"가는 것이다. 무료하고 밍밍한 이유는 잠에 빠져들기 직전일 뿐, 여전히 봄은 더할 나위 없이 북적거리는 계절이 아닌가. 잠의 맛은 휴식의 달콤함이 아니라 봄이 역동적으로 깨어나고 움직이는 맛이 아닌가.

5

마지막으로 우리는 이서화 시인이 문장을 육화하는 방식을 살펴봐야 한다. 그것은 '옛날'을 불러내고, 그것에 살과 뼈를 다시 삽입하는 것으로 시작한다. 그가 불러내는 '옛날'이란 손에 잡힐 듯 선명해서, 삼십 년도 훨씬 전의 일도 바로 어제와 같이 구체적이다. "여름이 필요한 사람들은/ 무심한 듯/ 강의 여울목으로 나가/ 한껏 가늘어진 물소리를/ 수제비처럼 뚝뚝 끊어서 끓이고 있다"(「부론강」)는 문장에 암시된 것처럼, 그것은 현재—시간의 멈춤이며, 다시 쓰기이자 새로운 접속을 창출한다.

특히 "아버지"를 중심으로 산출된 시들은 대부분 아버지에 대한 감정이입을 통해 시인의 '오늘'을 대칭하는데, 이를테면, 시인은 가늘고 긴 손가락으로, "밭에서 걸어 나와 쭈그려 앉은/ 아버지의 품"(「그도 저녁이면」)이나 "담배 한 개비를 피우며/ 잔불까지 사그라지길 기다리던"(「논둑의 지형도」) 어느 가을의 아버지를 그려내면서 시원의 잔해들을 미래—시간으로 투사하는 것이다.

손을 놀려야 먹고산다고
말한 사람은 몇 년째 손을 놀리고 있다
펜치며 연장들의
앙다문 입으로 녹이 눌어붙어 있다
잔뜩 오므린 채 떼어도 펴지지 않는
식음 전폐다

몇 년 무소식 끝에
집수리 부탁하려 찾아간 김 씨의 사정은
사람도 기술도 그 수족도 폐업이다
수많은 연장들의 수장이었던 사람은
밥보다 알약을 더 많이 먹는다
그나마 열리는 입에선
흔들리고 떠는 말들뿐이다

돌아오는 길,
봄은 또
연장들도 없이 나무마다 달라붙어
꽃 피는 공사 중이다
고장 난 우리 집 수도 파이프는
어느 봄의 독촉으로 졸졸 새고 있는가
꽉 다문 연장들의 입을
어떤 봄의 입김으로 녹여야 하나

—「연장론」 전문

연장은 그것을 다루는 사람의 목숨 줄이다. 연장과 더불어 살아왔으므로, 이미 연장은 오체의 한 가지다. 더군다나 가족의 생계는 물론 자식들의 학업과 결혼까지 지켰으므로 연장은 수단이 아니라 생애 전체와 맞먹는 또 하나의 '나'라 해도 과언이 아니다. 그런데 그 "펜치며 연장들의/ 앙다문 입으로 녹이 눌어붙어 있"는 것이다. "잔뜩 오므린 채 떼어도 펴지지 않는/ 식음 전폐"의 무방비. "손을 놀려야 먹고 산다"고 늘상 말했던 사람이 몇 년째 손을 놀리고 있으니, 수족과 같은 그의 연장들이 고사되기 직전까지 갈 수밖에.

"몇 년 무소식 끝에/ 집수리 부탁하려 찾아간 김 씨의 사정"도 마찬가지. 한때 김 씨는 연장들이 수장이었지만, 지금은 밥보다 알약을 더 많이 먹는다. "그나마 열리는 입에선/ 흔들리고 떠는 말들뿐"인데, 그에게 찾아온 시간의 뒷길이 도무지 읽히지 않는다. 김 씨는 멀고, 멀어서 닿지 않아 슬프기만 한 것이다.

돌아오는 길이다. 신작로 곳곳에서 봄은 이미 "나무마다 달라붙어/ 꽃 피는 공사 중"이다. 아무런 연장도 없이 나무들 속에서 환한 꽃들을 뽑아내는 것이다. 생각해 보면 "고장 난 우리 집 수도 파이프는/ 어느 봄의 독촉으로 졸졸 새고 있"을 뿐이다. 겨우내 꽝꽝 언 기운이 슬며시 풀리고 긴장마저 놓았기 때문에 파이프에 생채기가 나고 균열이 발생할 수밖에 없지만 연장들은 식음을 전폐하고 왜 입을 꽉 다물고 있어야 할까. 어느 봄의 입김으로 고사 직전의 연장들을 되살려야 할 것인가. 물론 답은 정해져 있다. "연장"이란 그 숙련되는 시간이 압화된, 신체의 또 다른 이름이므로 시집 전체를 관통하는 "무심함"의 먼 그늘과 닿는다. 그러한 이유로, 연장이 "연장"으로 발화되기를 멈춘 바로 그 봄의 입김으로 우리 곁에 다시 놓이게 될 것이다. "이불을 개듯 꿈에 들은 말들은/ 꿈속에 놓고 나와도/ 잘도 개어"(「잠꼬대」)지기 마련이다.